잡채

잡채

김옥종 시집

1판 1쇄 발행 | 2022. 10. 1

발행처 | **Human & Books**
발행인 | 하응백
출판등록 | 2002년 6월 5일 제2002-113호
서울특별시 종로구 삼일대로 457 1409호(경운동, 수운회관)
기획 홍보부 | 02-6327-3535, 편집부 | 02-6327-3537, 팩시밀리 | 02-6327-5353
이메일 | hbooks@empas.com

ISBN 978-89-6078-115-3 03810

잡채

김옥종 시집

시인의 말

골방에 앉아 스스로를 유폐시키면서
한 해를 살면서 방황하게 되는 시절을 추억한다
세상 것에 물들어 점점 혼탁해지는 나를 보며
헛웃음이 나오는데
남도의 가치를 지키는 일에 한눈팔지 말자 하지만
자극적인 맛에만 휘둘리고 있다
칼의 방향을 바꿔보고 싶다
방황의 끝에서
나는 여태껏 25년을 자신을
염장으로 숙성시켰던 사람이지 않는가

이루고야 말 것이다
생은 속도가 아니라 방향성이다
쓴 물이 올라온 새벽을 뒤집어도
내 시는 생 날것이거나
MSG 들어가지 않은 슴슴함으로 가겠다

차례

3부

1부

풀치조림

버릴 것 하낱도 없이
까시까지 씹어도,
덧이름으로도 연한 풀치야!

졸이거나
찌거나
덖음을 하거나
혹여
지지고 볶다가

지고 나서
너의 서쪽으로 한참을
기울더라도

내 살점 저며 한점하고
내 진액 뽑아 한잔하고
내 뼐 갈아 한 세월 바늘로 써
주시게나

연어의 노래

그대여
이쯤에서 자갈밭에 이부자리를
펴자

너는 춥다라고 말하지만
나는 외롭다라고 등을 긁어주마

시린 여울목의 안통 스폿에서
산란하자

네 배꼽이 너덜해지고
나의 배꼽이 헤지도록

가파르게 도달했으니

바다와 민물이 교차하는 기수
구역에서

네 살과
내 살이 교차하는

계절의 간극에서
너의 쓸쓸함을 애무해 주마

혼인색의 주검으로

깨어나는 것들의 태생은
내려놓을 고향이 없다

왕새우구이

등이 굽을 때
당신의 안쪽 헐거운
휘어진 발가락을 수를 셉니다

살아가는 것은 그냥 살어지는
것하고는
다른가요

삼치 떼들에게 공격을 받아
허물이 벗겨진 채로
가라앉으며 파리한 발가락들은
삼투압으로 존재는 말라가는
중에도
발가락 대신 몸을 쓰십니다

촘촘히 붙어 재잘거리는
알들을 보며
생을 탈피하고 계셔도

지천에 깔린 함초와 나이테를

꼬실라

오늘도 나는

당신의 등을 구워 목 넘깁니다

말린 대구

키핑하고 갔다
가슴 언저리를

몽정을 호접하러 나간다
배꼽 살은
방어든
대구든

육즙에서 뇌사가 일어나야
찰지다

통영 중앙시장 옆 백석
'힌 바람벽이 있어'*를 읽었다

그 밤은 샤워를 하고
누웠는데

---

*
백석이 1941년에 쓴 시. 이 시에서 백석은 "내 사랑하는 어여쁜 사람이/어느 먼 앞대 조용한 개포가의 나즈막한 집에서/그의 지아비와 마조 앉아 대구국을 끓여놓고 저녁을 먹는다/벌써 어린것도 생겨서 옆에 끼고 저녁을 먹는다"라고 했다. 백석이 좋아하여 통영에 찾아오게 한 그 여인이, 1941년에는 결혼해 아이까지 낳고, 어느 날 저녁 남편과 대구국을 끓여 먹고 있다는 이야기다.

시의 발기부전

왜냐고 묻자
내게도 깊은 방죽이 생겨서

큰 대구를 잡던 호망어법**으로도
안되는 게 있다
낚아올리는 것은
방법이 아니라 태도의 문제

칼을 넣어 네 껍질과 살을
분리하는 동안
미끄럼틀은 타는
비만의 계절에
너의 속성은 담백한 부끄러움

**
호망어법은 그물망의 하나로 주로 남해 거제, 통영 일원에서 대구를 유도해 잡을 때
사용한다. 산 채로 포획할 수 있다.

살은 바삭한 후레이크를 섞은
플레인 요거트
질긴 것은 너와의 인연
짚벼늘로 너의 아랫도리를
틀어막고
한시절 해풍에 가슴팍이
녹아내려
마른 생채기로 껴안고 울고 나면

남해나
서해나
건정은

말리고 다음에 하는 것이
연애일 것이다

황석어

소금의 염도는 3%
물고기는 생을 건너다닐 동력을 얻고

절망은 북서풍처럼 오길래
0.01%로도 사멸한다

희망은 0.1%
강을 건너기도 하지만

살아가는 이유는 다를 것이나
따뜻한 힌 쌀밥에 얹혀진
너의 염도에 뼈가 녹아내린
젓갈이 되고 싶다

게장

서른게라 불렀다
혹은 칠게
찔게
화랑게로 불렀으나

노화도 댁에게는
사랑게다

오뉴월은 바다의 갯것들에게는
귓볼 깨무는 시절

가물었던 생식소에도 짙은
노랑이 머물던
봄밤

갯벌에 박힌 돌팍을 들추어
내면
연애하다 얽힌 발의
서른게가
쌍으로 잡힌다네

들어는 보았는가

사랑게여서

자근거리는 것들의 숨소리

학독*에서 자지러지는

거품 가득한 교성을

오징어회

무전여행을 칼 가방 하나 들고
반 백 년 만에 떠났다
포항에서 시작해 고성까지의
동해안으로
버스를 타고 이동하는 길

허드렛일을 해주고 냉국수
얻어먹은
그날
싫지만은 않더라
산 오징어채를 써는 내 왼쪽
깃에
무거운 가슴을 스치는 여인이

운무가 저녁을 쓸고 간 날
글라스에 소주 반병을 붓고
내 오른쪽 허벅지에 얼음장 같은
생을 얹고
많이 외롭지예
라는 말을

몸으로 받아주지 않았다

비닐로 친 골방에서
파도 소리와 같이 흔들리다가
그녀의 잠자리에서 김정미의
간다고 하지 마오의
곡소리가 난다

포어 플레이

당신을 읽고도 여전히 나는
고요하나
파문의 진동 때문에
쉽게 가라앉지 않는다

새벽 내내 분만하지 못한
마음들이 터져
몽돌밭을 이루고
모래밭이 되어 있었다

산으로 간 참치

생의 한 호흡을 거칠게 몰아
우리는
순창 회문산으로 갔다
눈밭에 얼어붙은 맹감나무
열매 깔고
산소가 부족한 배낭속의 고단한
참치를
심폐 소생술로 깨워낸다

숙성은 그런 것이다
다시마의 모포로 재워주는 일,
가만히 자장가를 불러주는 일,
동치미의 탄산을 만들어주는 일
같은,

기억의 맛은 항시 연애의
맛이지 않았던가

충분한 기다림과 견디어 내는
숙성의 세월이
참치는 산으로 가고
코끼리는 바다로 간다

당신이
그리던 푸른 팔레트에서는
청새치가 물보라 속에서
바다를 힘껏 공중에 던져
올렸다

갯장어

머리를 늘어뜨려
못에 걸고
목덜미에서부터 예리한 칼로
그의 등을 긁어주었다

외로운 것들의 등은 이렇게
미끌미끌했을까

긁어줄 누군가도 없다는 것은
가려워서도 안 된다는 것일까

비늘 없는 동물로 살아가는
것들은
벗겨지면 안 된다는 것일까

목울대 밑 콩알만 한 심장에서
창백한 피가 속살을 타고
흐르자
잔 칼집을 넣어 한 여름밤
육수에
꽃으로 던져 주었다

다음 생에는 못을 걸어
등을 긁어다오

농어 건정 간국

꿀벌이 산 벚꽃에서 꿀을 모을
때는
보듬을 것으로
감내해야 하는 뒷감당이 있다

말벌에게서 벗어나는 일은
독침에 살을 내어주고 뼈를
취하든가
뼈를 내어주고 목숨을 취하는
일이다

한 밤에 몇 번을 안아줘도
봄밤은 어찌 써늘하던지
더는 안아줄 수 없어

마른 연애를 하고 싶은 날
새우젓만 넣고 끓인 건정이

육수 없이 쌀뜨물과 엮여도
첫 정을 해산하는 뽀얀
그리움만 할랑가

숭어

두꺼운 안대 목도리

맹목을

입고 왔지만

기실은 봄

속살이 애릴 때 뜨거움으로

인나고

드러누울 시절에

갈비뼈 으스러지도록 안고 싶은

날

묵은지에

네 엉덩이를 보듬던 쌈은

생채기의 향도 붉다

썩어도 준치

부패가 먼저 일어나는 곳은
내장과 아가미
은빛 갑옷을 입은 생선은
속정을 품었을 것이나

사람에게서는 입과
가슴일 것이다

비린 것은 묻어두어도

다만
시린 것들에게
잊혀질 시간을 두는 것

너에게도
그러하는 것은

부패된 가장자리에
은매화를 밀어내고
있기 때문이다

멍게

멍게는 촉수가 둘이다
+자 모양은 입이고
−자는 항문이다
껍질을 벗겼을 때 노란색이
근막이고
안쪽의 빨간 부분이 아가미다

검은색은 뜨거운 심장일 것이고
항문을 많이 먹어 학문이
깊은 것들은
대체로 맛이 평이하고 맛이 달다

오늘밤
젓갈의 향이
혀를 데인
자네의 육향만 못 하겠는가

홍어의 숫기

한때는
세 발의 기럭지를 가지고
있었지만
가운데 빼고 두 발을 잘리는
아픔도 겪어야 했습니다

저의 고향은 흑산도입니다마는
품절의 아류를 많이 만들기도
했습니다
산천을 두고
칠레가 고향인 듯했고
심지어는 아프리카 쪽이 고향인
친구가
제 집에서 태어나기도 했습니다

제가 바람둥이라는 소문도
무성하지만
밝혀진 것은 없습니다
손암 선생께서 제가 교미할 때
가시를 박고 하는 것을 보고
'암놈은 식탐으로 망하고

숫놈은 색욕 때문에 죽었으니
색욕을 탐하는 자의 본보기가
될 만하다'라고 말하지만
오해는 없었으면 합니다

저는 성숙기에는 헛눈질을 하지
않습니다

저를 숙성시키는 힘은 항아리의
잔잔한 덖음
짚벼늘*의
소소한 포옹으로 익어가는
저는 청순한 사내 새끼였어요

---

*
짚단. 탈곡하고 남은 낟가리.

광어

너를 보듬다는 것은
걱서 씨앗을 품어 발아하고
싶다는 것만은 아니다

발걸음을 멈추고 잠시 멈추는
일

네가 떠나면

계절이 가는 것이 아니라

하나의 우주를 보내는 일

기억하던
침샘으로 부르던 악기들

산다이 하던 골짜기의 멧둥에
삐삐꽃의

목이 쉬어도

눈으로 말하는
횡간을
읽을 수 있다면

자빠져 있었던 것들은

순상화산이었던 것이다

농어

수족관에 경매받은 14킬로짜리
농어를
사면을 막아 암실로 쓴다
그에게 최소한의 스트레스를
줄여주는 일이다
해머로 정수리를 내려친다
기절한 농어의 날카로운
아가미에 칼을 여민다
선홍의 진달래꽃이 솟구친다
꼬리 끝 가장자리에도 한 번의
손을
더 디딘다

그의 구부러진 생에 염을 하고
내장을 꺼낸다

살과 뼈의 틈새를 찾고
결을 따라 칼이 한번 더
그의 속살을 읽는다

이불로 감싸서 차가운 덖음을

해준다

이틀 후에 그를 불러내면

그는 내게 얻어맞은 상처를

잊고

암시랑토 않은 듯 한참을 찰지다

어란

나 왈: 근디 니 갱년기 증상이
뭐냐?
친구 왈: 짜증나고 버럭
성질내고 만사가
귀찮고 혼자 외토리가 된 것
같고 그냥 우울하고 사랑받고 싶고
관심받고 싶고
조금 슬픈 영화를 봐도
눈물이 나고 그러더라
나 왈: 나는 세 살 때부터
그랬어야 새끼야
속이 문드러질 때는 어란에다가
보드카 한 그릇씩 생케 불자

2부

싱건지

속정 넓은 항아리
품지 않은 배꼽을 소분해서
사는 날이 똑같은 쳇바퀴의
시절에
다람쥐처럼 추억 하나씩은
묻어두었다가
해남 물고구마를 찐다
나고 지는 것의 통증을 견딤이 아니라
가장자리의 너를
혀로 핥아주는 일처럼
수액 같은 밍밍함을
견뎌내지 않으면
기억으로 돌아올 침샘은 없을
것이니
또 어쩌란 말인가

간절기의 누름돌을 비집고
뽀글뽀글
달빛에 젖은 푸른 엉덩이 하나

잡채

당면이 입원했을 때 병명은
전분의 과부하로 생긴
분리 불안증이었다

시금치나
당근이나
혹여
외롭다든가
쓸쓸하다든가를 넣어 센불에
볶았다

추적추적
메타세콰이어 길이 어둠속에
바스락거릴 때

죽음에 이르는 병을 덮어주었다

그것이 온 세상의 것을
위무해주지 않았던가?

시가 그렇고
절망이 그렇고
다시 불러보는
외로움이 그러했다

몸을 빨래처럼 뒤틀어
채 털어내지 못한 계절까지 뒤집어
햇볕에 말렸다
곰팡이처럼 피어오르던 말년의
건선같은 옹졸함도
딱정이 지어 떨어지고

그렇게 나는 완경(完經)에
다다를 수 있었다

서리태

남겨진 것 때문에 슬퍼할
것이지만
남겨두고 가야 할 것을
슬퍼하지 않는 까닭은
서로의 첫 정이
깊어지는
초승달의 눈썹에 가라앉는
서리 때문일 것이다

껴안던 너를
벗겨내는 것은
냉기뿐일 것이나
사람이 가고
사랑이 져도

남은 것으로 기억하는 체온

소멸이
얼마나 따스했던가를
간수로 품어내야 할 시간

깔끌한 가슴팍을 네게로 향해
모서리를 세워

묵은지 옆에 가만히 누웠다

해파리 늙은 오이 냉국

일요일 댓바람부터 엄니에게
귀가 아프다고 했다
마을회관에 모여 단체 청소를
하고
소 띧기고 와서 토방에 누워
한숨자고 인나면
무덤 낙지 잡아
노란 주전자 들고 울 엄니
불춰*에서 건너 오신다
개펄에서 해파리도 건져 오셨다
샛터 고랑 옆 큰집 텃밭에
물외와 청양고추 따다가
썰어놓고 사옥이 오촌네
우물물 떠다가 설탕 대신
사카린 녹여서
정지 부뚜막 호로병에 솔잎으로
틀어막은
막걸리 식초 타서

숟가락 없이 냉국을 들이킨다
초복이 중복더러 말복 먹으러
가자 한다

배추가 살아났다

우리는 무엇으로 버무리는가

김장철 스트레스에 발끈한
누나들과
씨엄씨 죽고 처음인 사람과
당신들이 비벼낸 어제의 오후를
목 받침 삼아
낮술을 낳았다

엉치뼈 아작난 마눌에게
수육은 삶았냐라고 묻는 간 큰
사내도
김치통 옮기기 전부터 밥상
차리라는 사내도

조선의 장부는 언제 죽을지
모른다

문반을 거세해야
무반찬이 아삭하다

늙은 사내를 절이고
웃자란 심지를 뒤틀어 짜서
수분기를 날리고
양념을 절반으로 줄여 버무린다

액젓 위에서 익어가는 것은
김칫소의 스파클링

개장국

어매는 맷돌이 아니다라고
생각했다
콩을 갈든
세월을 갈든
콩이 갈아지지
맷돌이 닳아지는 것을 몰랐다

닳고 헤진 당신의 손톱에서
치매의 기운이 스멀거린다

나는 당신의 생을 레시피로
아즉 만들지 못했다

변색은 잃어버린 추억,
선별해서
이야기하는 것은

낡은 흑백 사진속의 백구였다

비둘기를 낚아채는 용맹함을
가진 잡종
진돗개를, 어느 날
아부지는
국으로 내놓았다

단백질을 하염없이 밀어넣고
백구라는 말에
하염없이 단백질을 토해내던 밤

어매의 맷돌은
세월조차 갈리지 않는다
갈리는 것은

당신의 등뼈

호박꽃

소소한 가을날에 호박 등 켜놓고
네 살캉거리는 속정을
북새우* 넣고
한소끔 더 지지고 볶아야
토렴해 놓은 생도 조금은 지퍼지려나마는
심지 없이 바닥에서 끌어올리려는
가을볕은
비에 젖어 있었고
여인네는 시집가야 철이 들고
한 세월 살아온 사내놈은
부고장이 날아와야 철이 들랑가

---

*
붉은 새우를 일컫는 전남 신안의 방언.

오삼불고기

생을 뜨거운 소금으로 부벼
깨를 벗기고 애정이
사후경직이 되지 않도록
등에 빗살무늬 문신을 넣어
간지럽혀 주는 일
속궁합이 얼큰한 앞다리 살
얹어
땡초 가루로 속살을 물들이는
일만 남았을 때
고소함은 그렇게 오는 것이다

네가 오지 않아도
슬픔조차 한참은 달달하것다

라면

안고 싶어서
바닥에 차가운 냄비를 올리고
99.9도의 온도에
시절을 끓여도
펼칠 수 없는 구불한 인연은
엉켜 붙지도 못하고
살과 살이 닿아도 뜨겁지
않구나

냉수 반 컵을 던지자
그리움이 부풀어 올랐다

닭볶음탕

사는 것을 조금 더 이어간다고
씻기는 것이 죄는 아니겠지
시간의 수수밭을 들어가면 이파리에 어깨가
베이는 것이어서 오는 것을
감당할 수 없더라도
매미의 울음을 갈참나무
아래에서
그치고 싶다
울어야 한다면
마른 눈물의 염기로 네 생을 한
번 더 염해 주기를
바라지만
인연에게는 오지 않는 것을
견디어 내야 허물을 벗고 온다
사람은 가지만 사랑은 남아있을 것
쓸쓸함은 어디서 묻혀 오는
것이 아니라
매콤한 폭탄을 던져주는 것이다
안을 수 있는 총량을 가름하고
맘을 허버지게 쓰고 떠나지만
그해 여름 당신만이 불덩이였다

새순

겨울을 밀어내는 것인지
봄을 밀어 올리고 있는 것인지
당신께서도
나를 밀어내는 것인지
밀어 올리고 있는 것인지

낮달

점빵의 텃밭에
여린 상추위에
술 취해
오줌 누는 달을 보았다

봄볕에 수척해진 민농어
건정과 습습한 잠자리
젓새우로 간하고 자빠뜨린다

사랑한 적 없다던

달을 향해 걸었다
네 심장과 더 멀어졌다
아까맹키로 돌아서서 너를 향해 걸었다
달은 가찹고
너와는 더 멀어져 버렸다

아내를 죽였다

관의 안쪽은 투명한 울음이다
바깥은 평온하다
수를 헤아리는 부의함 옆은
온기로 가득하다
덜 삭힌 홍어를 내면서
삭힌 고인의 뒷담화에
죽어서야 만질 수 있는 염증의
꽃을
지고서야 발아시킨다
넉넉한 것은
오십이 넘었으니 그래도
호상이라는 말,
알코올로 염은 하고 갔으니
다행이라는 말,
홍어는 그래서 흑산도 것이어야
한다는 말,
술친구가 없어서 외로울
거라는 말,
울다가 지친 막내가 육개장에
밥 말아 먹으며
만족하다는 말

관의 바깥쪽은 평온하나
나의 울음은 관 안에서
적요하다
꿈에서 깨어나자
허기가 졌다
아내가 콩나물 국밥을 내놓았다

죽음의 에티켓

허명은 지혜를 눈멀게 하고
허욕은 처세를 눈멀게 하고
허상은 오지랖을 눈멀게 하던
밤이 지고

새북에 인나 문득
칼을 들고 싶지 않았다

점빵에서
손바닥의 힘으로 마늘을 으깬다
상처의 향,
실핏줄 터진 마늘이 하얀
수액을 쏟아낸다

돼지고기 주물럭 시켜놓고
손님이 그런다

저는 피 흘리는 것들을 안
먹어요

텃밭에서 상추대를 뽑아왔다
테이블 앞에서 상추를 꺾었다
흘러나오는 하얀 진액을
보여드렸다

피의 색깔이 다르지 생명이
있는 것들은
피를 흘려요

빗님 오시는 날
혼절할 만큼
투명한 피를 수혈받으며
칡소의
붉은 나물을 게걸스럽게 먹는다

환생

라면이 귀했었지 우리집은,
온전히 라면만 먹지 못했던
시절
엄니는 국수 반, 라면 반을 넣고
끓여주셨다
꼬불꼬불한 라면발을 골라
내는 것은
생의 즐거움이다
라면의 온전한 맛을 통점의
가장자리로
들이밀고 나서야
국수를 먹기 시작한다
국수를 다 건져먹고
걸터 놓은 시렁에 찬밥을 말고
작년에 담근
늙고 쪼글쪼글해진
물외장아찌를
전분과 전분 사이에 비벼댄다
결박의 마찰음은

유채꽃 무덤 아래 잉어떼들의
엉덩이 비비며 연애하는
시절의 소란스러움

내게도 네가 전부였던 시절이
있었지

수정하지 못한 고백의 말이
산란하지 못하고 여울목을
스친다

강의 하류에 닿기 전
제 영역을 지키던 은어에게
먹히고 만다
비로소 은어의 장에 들어
프리바이오틱스로 환생한다

무엇인가에 거름이 될 수

있어서 다행인

바람의 제국 몽골의 운드르항*에서

그들처럼 핫팟을 배불리 먹고

하얀 진액을 흘리며 검은

독수리의

한 끼 식사가 되던 따신

봄날이다

---

*
몽골의 지명. 수도 울란바트로에서 330km 정도의 거리에 위치한다. 징기스칸의 고향
으로 알려져 있다.

태평 염전에서

소금밭에서 배꼽의 깊이를 재고
싶다

사리 물때에 낭창거리는 파도
소리가
묻히게

더는 교성이
삼투압으로 젖지 않도록
입술을 덮고
염기로 네 허벅지를 절인다

촉촉하다
닿아있는 생이 함초의 마디에
스몄다가
진액이 빠져나갈 무렵에

나에게 오라

나는 갈증으로 뜨거움을 견딘
소금이다

생일 단상

태어나는 것과 삶과 멀어지는 것
또한
내 의지와 상관없다는 것을 애써
외면 했었네
오고 간 흔적 없이 간들 생이
나더러
크게 나무라겠는가

배추 속대를 야물게 하려 끈으로
묶는다마는
생은 묶을수록 헐거워지는 것,
나는 봄동이 되고 싶은 게지
아마

가슴을 산발하고
바짝 엎드려야 북서풍을
힘껏 안아줄 수 있는 섬초같이
살고 싶은 게지 아마

들풀처럼 자랐으니
시아바다*를 지나 흑산해를 건너
사할린의 끝자락을 지나
귀신고래의 꿈을 꾸고 나서야
알게 되리라

경계를 넘은 한 사내가
동박새의 스킨쉽을 마다하고
저무는
동백꽃의 주검 위에
깊은 겨울과 항꾸네**
소멸하였음을

---

*
신안군과 목포 사이에 있는 바다를 말한다.

**
전라도 사투리. 함께, 더불어.

봉리 수리잡*에서

뉘집 굴뚝에서 강그러지는
냉갈이다냐

정지의 곤로위에 눌은 밥은

하얀 눈으로 내리고

가슴팍까지 차오른 눈들을
헤집고

늙고 병든 토끼며,
뒤뜰의 대나무 숲에
걸터앉은 때까치며,
멧둥위에 짚벼늘 넣어 만든
비료 포대 썰매며,
수분기 없는 홍시며,
마른 시렁에 식은 보리
개떡이며,
사카린 풀어 놓은 팥 없는 눈꽃

신안군 지도 봉리 수리 조합.

빙수며,
그런그런 그들이 다들 살갑고
몇몇은,
토끼몰이에 진을 다 빼고 나서야
사이나 타서 촛농으로 밀봉해둔
메주콩 먹고 비틀거리는
꿩 한 마리 주워서 돌아왔고

시원한 무국에 해장으로
사랑방에 모여들어 소주 댓병
추렴하여 놀 때
샛서방 기다리다
서당골 이모가 젓가락으로
찌르던 허벅지 사이로 차갑게
그믐달이 진다

물고구마에
묵은지 감아 먹던 옛 사람은
지픈 그림자를 끌고 다들
어데를 갔다냐

열세살

눈이 퉁퉁 부어 비몽사몽인
새벽에 인나
정지*에도 치간에도 엄마가
없다

공책 마지막 장에 주정이가
그려준
마징가 제트 그림,

공부하라는 책에 그림이 왜
있냐고
아부지가 매 타작이시다
엄마가 끼어들다 내 대신
맞으셨다

그리고 오랫동안 엄마의 부재인

차갑고
습습한 정지에서
곤로를 켜고 두 동생의 허기를
나는 샛터 고랑에서 베어온

솔로
밀가루에 염전 간수로 버무리고
부침개를 부친다

박스 안에
라면이 한 봉지 남았다

국수 한 타래와 함께 넣어 삶아
먹었다

그날 밤은 상산의 신우대
숲에서
바람이 드세게 불어
내 울음이 들키지 않아서
좋았다
그땐 속으로 우는 법을 알지
못했다

자고 인나 본께 엄마가 없다

---

*
부엌

파벌

자아가 두 개인 사람도 있다
자아가 자아에게 말하는 것이
환청이다
자아는 있고 세계는 없다
누구냐 넌?

미래파다

유부남이 오랜만에 총각김치를
담갔다
김치 레시피만 있고
나는 김치를
안 버무린다
서리 끝물의 언저리 텃밭에서
키워온
무 중에 큰 것은 동치미
용으로 쓰고
작은 것은 양념장 만들어서
서사와 서정과 함께 버무렸다
그런 너는 누구냐?

내가 미래파다

3부

꽃말

겸손한 사랑의 꽃말을 가진
히아신스도
이쁘고 귄있고,
수선화도 이쁘고 귄있고,
동백도 이쁘고 귄있고,
매화꽃에서 꿀 따는 벌도
이쁘고 귄있고,
너도 한참을 애지간히 이쁘고
귄있고

풍장(風葬)

울음은 가장자리에서
가장 크게 부패한다
생의 내장은 마른 논배미의 갈라진 등허리

초막에서 당신은 몸피를 줄이고
영혼의 무게를 늘리고 있는 중이신가

겨울은
뜨거운 바람으로 거듭나는 길
잠시 차가움은
내버려 두자

쓸쓸함은 북서풍으로 오지만
말려서 보내는 것

뼈만 남아야 보낼 수 있는 것들의 합창은
이러하다

나무가 아직 미열이 남아있는 잎사귀를 보낸다든가
낚싯바늘에 제 종족의 살을 물고 올라온 운저리*를
말리다든가
헛맹세에 버림받고 돌아와 쏟아낸 눈물이 말라있었다든가
가을에 내기 위해 이른 봄볕의 그늘을 품은
가시오갈피 목을 꺾어 장아찌를 담는다든가
이를테면 말이다

뼈만 남아야 갈 수 있는 길로 가려거든
공복에 도수 높은 알코올로 염을 해준다든가

---

*
문절망둑, 망둥어의 전라도 사투리.

착시

대문을 하늘로 내고 사는
것들은 알지
노을의 가장자리가
빨강이 아니라 파랑이라는
것을,

가장 뜨거운 불은 빨강이
아니다

태어나서 한참을 머물다가 다시
자궁으로
돌아가는 것들은 알지

파랗게 살아야 뜨거운 빨강으로
소멸하는 것을

타이밍

앞집 개가 주인을 물었다
보신탕집에 팔아버렸다

여느 집 앞을 항상 지나는데
그 집 개는 유독 내게 심하게
짖었다
줄에 묶여 있어서 안심은
되었지만
내가 만만하게 보이는 게
싫었다
대문이 열려있는 채로 나를
보고 짖는다
코팅 목장갑을 끼고 들어가서
목을 낚아채고
목덜미를 물었다
다음날부터는 내 숨소리나
발자국 소리를 듣는
순간부터 짖지 않았다

개를 물어야 할 시간이
지금이지 않겠는가

뒤에 오는 것들

꽃비가 내린다
마음이 터진다
울음이 맨 먼저 오고
뒷그림자를 받치고 오는 것은
내려놓은 인연

능선의 가장자리에서
절두화(切頭花) 핀다

이사 가던 날
종량제 봉투에 버려진 것이
나는 아니었을까
풀어서 헤아려 본다

낡고 해진 나로 가득 차 있다

갈참나무와 상수리나무로 만나
연리지였었다가
찢겨 나가는 고통의
시간을 감당해야 할 때,
잠시 당신을 멈추기로 한다

꽃비가

평정심을 흔들지만

미풍으로부터 마음을 닫았다

뒷그림자를

받치고 오는 것은 골절된 늑간

캐럿*

너라는 옷을 너무 오래 입고
있었다
닳고 헤진 무릎에서
더는,
별이 뜨지 않는다
명자꽃이 뜨거워도
체온을 비비고 싶은 것은 개울
너머
척박한 땅의 자운영이다
혼자서 예쁜 것들은
그래서 외로운가
엉겨 붙어서 재잘대는 참새
같은,
들풀은 땅심으로 끼리끼리
눈물샘의
종기로 서로 닿아 있다
눈물을 덜어내서 나눈다는 것은
함초가 되어가는 것이다
길어 올리는 소금기로 미네랄
같은
애정을 염장할 때

사랑은 태어나는 것이 아니라

마음이 먼지처럼 쌓여

금강석이 되어 가는 것이다

---

*

캐럿(carat)은 무게의 단위. 보석의 무게를 잴 때 쓴다. 1캐럿은 약 200㎎에 해당한다.

봄

천지가 꽃길이고
꽃길이 위안이건만
그 천지 가운데에 외로운 사내
하나 있어
동백 잔에 술 한 잔 치고
어란 한 점 체온으로 녹이고
목련이 가슴을 도려내던 시절
꽃그늘 아래서 깨벗고 놀고
싶은 밤이
스스럼없이 오기도 하였다

우화

깨 벗고 싶은 날
옹이가 된 염증을 깨트리고 싶은 날
칠 년을 암연에서 침잠하다가
보름을 사는 것들의 소리는 울음이 아니라
목이 쉬도록 내뱉는 웃음

어디쯤인가 너는

물에 빠져 허우적거리지도
못하고 가라앉는 중이다
통증은 그쯤에서 왔다
지면과 수면 사이에서
아니
수면과 바닥 사이에서

발가락들이
떠돌다 공중을 향해
물푸레나무의
머리카락처럼 뻗어 있고
삼투압으로 초막에서 말라가는
중에도
바닥에 닿을 수 없었다

어깨를 짓누르던 생의 버큼이
가라앉자
부풀어 오르기 시작한다
수압으로 견딘 시절로
시련의 염도만큼 수렁 안에서
달짝지근한 2.9%의 바다가
울음일 때

바닥을 쳤다

북향화

상시 슬픔이
검붉은 모가지까지는 치고
올라와야
창백한 봄을
왜 바람 곁에서 하얀 버선발로
반길 수 있으려나 싶은 시절에
한시진 그리움에도
해거름 하듯 피어올리지 못한
숱한 밤을,
네 살아온 날 쪽으로 부벼대다
데인
화상의 흉터가 날마다 자라나
살에 살을 덮어
핏기 없는 봉분을 세우던 날
잔가지 딛고 발판 삼아
꿈꾸는 곳으로 창문을 내어
목이 쉬도록 하얗게
울었던 날도 있었다

난희에게

꽃을 자세히 들여다봐
꽃은 그냥 피는 게 아냐
제 몸에 상처를 내서 피는 거야
그 상처가 깊을수록 향이 있어
그래서 생은 아프면 아플수록
처절하면 처절할수록 아름다운가 봐
꽃은 상처를 밖으로 내지만
인간은 상처를 안으로 내는 거야
안에서 곪아 터질 때
그것을 참고 인내하는 삶의 뒷모습이 아름다운 거야
라이너 마리아 릴케처럼 아니
더 가까이 있는 너처럼

겨울 밤

배고프고
술 고프고
사랑 고프다

적당한 시절

열무의 풋내는
숨죽이기 위해 소금을 뿌리고 뒤척여서
생긴 생채기에서 나온다마는
내게서 나는 풋내는 아마 어설픈 열정으로 위로하려
거짓 시인의 미늘이다
나의 생은 지나쳐 헛 거름이 되고 열무는 숨이 지나쳐
장다리꽃이 되었구나

나의 오랜 벗 석준에게

선생님이 묻는다
너의 꿈은 무엇이냐고?

저는 훌륭한 깡패가 되고
싶습니다

어느 날이었던가

조폭의 길만큼이나 졸업장이
중요해서
출석 일수를 채우려고 학교에
갔다가
말 한마디 실수로 국어
선생님께 밀 걸레가 부러질
때까지 맞았습니다
분분한 소문은 선생님이 교직
생활하면서
처음으로 매를 드셨다고 합니다
그 후로
결석일수가 일 년에 100일이
넘어도

국어 과목이 시간표에 있는

날은 학교에 갔습니다

그렇게 모종 없이 웃자라서

저는 시인이 되었습니다

당신은 선생 시인이고

나는 제자 시인입니다

당신께서는 결혼도 안 하고 많은

시인들을 낳았습니다마는

〈폭력행위 등 처벌에 관한 법률〉위반을

밥먹듯이 하던 제가

〈인간성 상실에 관한 도덕〉위반을 더 아파해야

한다는 것을 당신께 깨우친 지

오래,

나의 오랜 벗 석준이는 참 많이

익어 버렸습니다

떠나는 길

바람의 스킨쉽에 귓볼이
빨개지던 벚꽃길에서
오르가즘 없이 흩뿌리며 간들
뭐 그리 대순가
애린 것들을 주저 앉혀 뜸들이면
피나 살은 되지 아니 하여도
쑥굴레 찍어 먹을 조청은 될까 싶었다
결코 사랑하는 일에 소홀하지 않았음을,
이르러 때가 되어서야 슬픔은 심지처럼
밑에서부터 적셔오는 것임을
달이 차오를 때까지 미쳐 알지 못했으리라
감이 익어갈 때쯤이면 감꽃이 왜 져야 했는가를
또 알게 될 것이니
허투로 아픈 것이 하낱도 없음을
잊어줄 만큼만 아파해도 될 것이다
사랑하는 일이 감당키 힘든 내 작은 부엌의
불빛은 따사로웠지만 간판불은 켜지지 않았다
늘 만들어 내는 것은 사람에 대한 그리움이니,
더는 기다리지 않아도 될 것이다
달은 가까이 있으나 기꺼이 길을 내주며 찾아온 꽃에게도
가슴은 기껏 새끼손톱만큼만 열어주고 있었고

닫힌 네 정원의 백합이 하얗게 목놓아 울고 있을 때 남겨진 것들은

서러운 밤을 껴안고 더러는 골방에 스며들어 술을 달랬다

배롱꽃이 바람에 떠밀리듯 떠나던 날

축축하게 젖어있는 시간들은

무성히 자란 텃밭의 깨꽃들에게

수북이 뿌려주면 될 일,

더는 돌아가겠다고 하지 말 것이다

더는 기다리라 하지 말 것이다

죽음의 방정식

죽음이 어떻게 탄생했는지를 헤아려보는
저녁

하나의 우주가 사라진
상갓집의 배면에 기대어
삶에 관을 덮는다

홍어 삼합을 먹으며
삭힌 맛은,

통증이 진변의 다리를 넘지 않는구나

애를 내어주지 않았지만
기억 값의 수만큼 고소했고
고인에게서는 약간의 비린 맛이 났다

이정표가 있다는 것과
돌아갈 곳이 분명하다는 것

장수하늘소를 닮은 자식을 낳고
키워내지만
돌아가는 곳,

별들의 고향에서
네가 바라보는 것의
은하수에서는
등대를 켜 놓지 않아도 길을 잃지 않는다

숙주의 근원을
가느다란 실핏줄의 언어로
보듬어 줄 수 없을 때

아직 잊혀진 봄이기도 하지만
아직 네 안에서 울렁거리는
뜨거운 화상을 입었을 뿐이다

긍께야

한 여자를 사랑했네
마름꽃이 수리잡에 물안개로
내릴 때

늦게 품어 주어 말라 버린
풀내음 씹히던 삐비꽃도 목이
세고

담너머 상산에
죽은 꺼병이 옆
산 꿩이
울음을 내려
안개를 덮고
문행기*에 넘치도록

한참을
네 생각

---

*
뚝의 물이 넘칠 것을 방지하기 위해 뚝보다 낮게 만들어 놓은 수로.

전염이 안되는 슬픔을 발명했다

울어도 된다면
오늘 날씨 참 괜찮다

돌아갈 수 없는 길 위에
적당히 흩날리는 아카시 꽃잎을
골수로 받아내며 양파 까듯이
그렇게 울었다

잊는 일이 어려운 것은
늑간 쪽에 붙어 혈소판에 기생하는
해마 한 마리 때문이다

방법은 간단하나
해마를 죽이는 순간
자신의 부고장을 날려야 한다

잊는다는 것은 그러더라

길

너의 번지수를 묻고
채굴해 놓은 심장을 동봉하지만
바람은 길을 알지 못한다

익숙한 별들이 내려앉은 밤에도
계절이 언제 나를 품어 준 적은
있었던가

기다림은 나의 몫,

너는 온 적 없고
나는 네게 기댄 적이 없으니
그걸로 족하다

사람이어서 더 아파한 것이냐
인연이어서 더 그리운 것이냐

발자국의 흔적을 찾을 수 없고
돌아오지 않는 것도 바람의
길인 것을,
네 뒤 그림자가 쓸쓸한 까닭을
알았다

돌아올 수 없는 사람이어서가
아니라
돌이킬 수 없는 세월

절망에게로 가자

죽을힘을 다해 절망에게로 가자
물팍 시린 겨울 퀴퀴한 화장실에서
수음을 즐기며 냄비 팔아 가족 생계 유지하는 게
도덕적인 것은 아니라고 말하던
그 낯 뜨거운 얼굴을 염산에 15분쯤 담그고
오그라든 만큼 더 넓어 보이는 절망에게로 가자
돌팍을 절망에게로 더 힘껏 들이밀자
어지러움 속에는 늘 건져내고 싶어 하는
안타까운 하늘이,
골목길에서 구역질하며 자빠지는데
우리는 왜 쓰러지고 또 일어나야 하는가
그냥 주저앉아도 좋을 밤이다
그냥 자빠져서 코를 골아도 좋을 밤이다
雪이
배꼽을 덮어야
아! 비로소 절망의 종점에 다다라
안도와 회한의 한숨을 내쉴 수 있는 것일까
이 알 수 없는 눈물이
목구멍을 치밀고 들어오는 소리가 들리지 않느냐
이 알 수 없는 사람이
가슴을 헤집고 들어오는 소리가 들리지 않느냐

막걸리처럼 희미하게 웃는 그 얼굴이 이젠
기억나질 않는다
들풀처럼 바람에 일렁이며 절망에게로 가자
겨울이 가듯 그렇게 흔적 없이 절망에게로 가자

홀로 떠난 이에 대한 예의

깊이 침묵할 것이나
울컥하거든
손가락 넣어서 억지로라도 토해
낼 것
기억을 재울 수 없을 때는
그냥 울다가 지쳐 잠들게 할 것
떠난 생이 네 옆을
기웃거리더라도
적당한 때에
적당히 삭힌 홍어삼합으로
우울함을 견뎌낼 것
이도 저도 힘든 날엔
파묘할 것

너란 사람

나를 가지고 노는 사람
한없이 까주게 만드는 사람
곤곤한 사람
음식의 깊이를 아는 사람
촌 말을 스스럼없이 하는 사람
내가 반쪽밖에 안 되는 하찮은 존재라는 것을 일깨워주는
사람
사랑이 식고 오염이 되면
떨어진 목련꽃처럼 된다는 것을 일깨워 주는 사람
내겐 흰 당나귀 같은 사람
일이 안 풀릴 때 인디언 기우제를 지내라고 하는 사람
미친 사람이라고 해도 다섯 번은 참아줄 수 있는 사람
가끔은 그리웠노라고 말하고 싶은 사람

잔상

더는 슬픔을 나누려 하지 말라
나눌 수 없는 것이 어디 생
뿐이랴
잊혀지게 내리는 첫눈이
그렇고,
겨울이 그렇고, 죽음이 그렇고,
동이 틀 무렵 너와의 첫 맹세가
그러했다

저 살아있는 감각의 축제
― 김옥종 시집 『잡채』 읽기

오민석
(문학평론가·단국대 교수)

I.

시적 진정성이란 무엇일까. 사물이 기호의 옷을 입는 순간 사물은 사라진다. 중첩된 기호들의 밭에서 시는 어떻게 사물의 진정성을 분출할까. 감각을 하찮게 여기며 그 위에 관념의 베일을 씌울 때, 사물의 세계는 잿빛 묘지가 된다. 예술은 관념의 망토에 싸인 세계를 끄집어내 감각의 촉수 앞에 내민다. 감각의 빛 아래에서 사물은 다시 꿈틀거리기 시작한다. 지식이 관념의 처자라면, 지각은 감각의 자손이다. 예술은 지식을 목표로 삼지 않는다. 예술은 감각 덩어리로 세계와 승부한다. 시적 진정성은 감각의 현을 건드릴 때 비로소 울린다.

김옥종은 요리사 시인이다. 요리사는 감각의 고수가 되어야 한다. 요리사는 오감의 스펙트럼으로 세계를 포착한다. 미각과 시각, 후각과 촉각, 그리고 청각이 재료를 혀로 핥고, 눈으로 보고, 코로 냄새 맡으며, 손으로 만지고, 귀로 들을 때, 재료는 감각의 발기된 성기가 된다. 요리사와 재료 사이에서 감각의 전압이 최고조로 올랐을 때, 가장 맛있고, 아름답고, 향기롭고, 부드러우며, 듣기에도 좋은 음식이 만들어진다. 김옥종은 직업이 요리사이므로 늘 오감의 촉수로 세계를 만지며 산다. 예술이 지식이 아니라 지각의 문제임이 분명한 한, 그는 가장 잘 준비된 예술가이다. 그는 오감으로 식자재를 탐닉하듯, 세계를 핥고, 보고, 냄새 맡으며, 만지고, 듣는다. 니체가 "존재의 뱃속이 하는 말을 들은 것은 바로 몸이었다"(『차라투스트라는 이렇게 말하였다』)고 했을 때의 몸은 바로 '감각 덩어리'가 아니고 무엇인가. 존재의 본질을 지각하는 것은 바로 감각 덩어리이다. 사물과 감각들 사이에서 벌어지는 이 놀라운 직접성 때문에 그의 시에서 사물은 기호에 압도당하지 않는다. 사물과 오감이 맞부딪칠 때 관념의 청동 하늘은 산산이 무너지고 사물은 감각의 촉수 끝에서 살아난다. 그의 시에서 기호는 감각을 드러내는 수단으로 겸손해지며 사물을 왜곡하지 않는다.

네 배꼽이 너덜해지고
나의 배꼽이 헤지도록

가파르게 도달했으니

…(중략)…

네 살과
내 살이 교차하는

계절의 간극에서

너의 쓸쓸함을 애무해 주마

혼인색의 주검으로

—「연어의 노래」 부분

    연어의 산란에 관한 이야기는 얼마나 진부한 소재인가. 그러나 시인이 배꼽이 "너덜해지고" "헤지도록" 살과 살이 교차하는 장면을 전경화할 때, 산란의 '감각'이 생생하게 살아나고 산란 과정에 대한 '지식'은 배후로 밀려난다. 시인은 감각을 앞세움으로써 클리셰인 관념에서 멀리 벗어난다. 기호가 사물에 관념의 베일을 씌우기 전에 시인은 감각의 촉수를 기호 바깥으로 내민다. 그리하여 황홀하고 거친 교미의 장면은 진정성을 훼손당하지 않고 살아 있는 그림으로 던져진다. 그것은 죽음 속에서의 탄생, 탄생 속에서의 죽음이라는 순간적 혼종 상태를 격렬하고도 쓸쓸한 섹스 행위로 보여준다. 그리하여 "쓸쓸함을 애무"하는 연어들의 산란은 "혼인색"의 찬란한 죽음/탄생 속에서 완성된다. 시인이 이렇게 감각의 정수에 "가파르게 도달"할 때, 사물의 진정성이 분출된다.

몽정을 호접하러 나간다

배꼽 살은

방어든

대구든

육즙에서 뇌사가 일어나야

찰지다

　　　　　　　　　　　　　　—「말린 대구」부분

　"몽정"→"배꼽 살"→"육즙"→"뇌사"로 미끄러지는 치명적인 감각의 사다리를 보라. 시인은 가장 민감한 촉수에서 촉수로 이동하면서 감각의 밀도를 올린다. 그는 관념이 닿을 수 없는 높은 곳에서 황홀한 스파크를 일으킬 줄 아는 감각의 조련사이다. "육즙에서 뇌사가 일어나야/ 찰지다"는 표현보다 맛의 극치에 도달한 표현을 찾아내기 힘들다. 그의 시는 음식 맛처럼 찰지게 언어의 육즙을 끌어낸다.

　　머리를 늘어뜨려
　　못에 걸고
　　목덜미에서부터 예리한 칼로
　　그의 등을 긁어주었다

　　외로운 것들의 등은 이렇게
　　미끌미끌했을까

　　…(중략)…

　　목울대 밑 콩알만 한 심장에서
　　창백한 피가 속살을 타고
　　흐르자
　　잔 칼집을 넣어 한 여름밤
　　육수에

꽃으로 던져 주었다

—「갯장어」 부분

이 시는 에로스와 겹쳐질 때 가장 황홀해지는 타나토스의 모습을 잘 보여준다. 이 시에서 '죽임'의 행위는 가장 극렬한 사랑의 행위처럼 표현된다. 죽음본능이 통상 분리와 절단을 지향한다면, 이 시 속의 죽음본능은 죽이려는 대상 속으로 깊이 들어가 가장 가까이 "칼집"을 넣는다. 그것은 절단이 아니라 강력한 접속(에로스)을 통해 대상을 죽인다. 등을 긁어주는 애정의 칼날을 통해 분리된 대상은 마침내 떨어져 "꽃"이 된다. 에로스와 타나토스의 동시 발생은 가장 황홀한 주이상스(jouissance)의 상태를 낳는다. "꽃"은 극적인 주이상스의 상징이고, 그 지점에서 '맛'은 최고의 상태에 이른다. 시가 감각의 불꽃으로 타오르는 것도 바로 이 순간이다. 김옥종의 진정성은 이렇게 관념의 해일이 들어올 틈이 없이 감각의 방파제를 철저히 세우는 작업에서 시작된다. 자고로 음식의 맛이 개념으로 온전히 설명되지 않는 것처럼, 시인에게 있어서 사물의 진정성은 감각 덩어리로 지각될 때 몸-주체와 하나가 된다.

II.

이 시집의 시들은 대부분 음식, 그리고 요리와 관련되어 있다. 시인에게 있어서 요리는 에로스로 세계를 만나는 특수한 방법이다. 재료를 자르고 가르는 과정이 일종의 파괴(죽음)본능에서 비롯된 것이라면, 재료들을 함께 섞어 덖거나 삶거나 끓이는 행위는 사랑 본능(에로스)에서 시작된 것이다. 그렇다면 요리 행위는 타나토스가 에로스로 변환되는 혹은 에로스로 경험되는 타나토스의 세계라는 점에서 주이상스의 정점을 이룬다. 그것은 (재료를) 죽임으로써 최고 상태의 쾌락에 이른다. 김옥종이 요리를 전경화하는 것은 그의 직업적 관성 때문이기도 하지만, 그것이 사물과 세계를 감각 덩어리로 지각하는 최상의 은유를 제공해주기 때문이다. 또한 그에게 있어서 요리는 요리 자체라기보다 그것을 경유해서 세계를 설명하는 알레고리이기도 하다. 그는 요리를 통해 세상을 읽고, 설명하고, 지각한다. 그에게 요리는 사물과 세계로 가는 미디어이다.

> 당면이 입원했을 때 병명은
> 전분의 과부하로 생긴
> 분리 불안증이었다
>
> 시금치나
> 당근이나
> 혹여
> 외롭다든가
> 쓸쓸하다든가를 넣어 센불에
> 볶았다
>
> 추적추적
> 메타세콰이어 길이 어둠속에
> 바스락거릴 때
>
> 죽음에 이르는 병을 덮어주었다

그것이 온 세상의 것을
위무해주지 않았던가

시가 그렇고
절망이 그렇고
다시 불러보는
외로움이 그러했다

몸을 빨래처럼 뒤틀어
채 털어내지 못한 계절까지 뒤집어
햇볕에 말렸다
곰팡이처럼 피어오르던 말년의
건선 같은 옹졸함도
딱정이 지어 떨어지고

그렇게 나는 완경(完經)에
다다를 수 있었다

—「잡채」 전문

　표제작이기도 한 이 시는 "잡채"의 요리 과정을 매개로 '시와 절망
과 외로움'에 관하여 이야기한다. '시와 절망과 외로움'이 이 시의 원
관념(tenor)이라면, 잡채는 이 시의 보조관념(vehicle)이다. 다른 말
로 잡채는 '시와 절망과 외로움'의 은유이고 알레고리이다. 그러나 이
작품의 힘은 이런 유비(類比)가 아니라 잡채를 통하여 "완경(完經)"
의 기의를 읽어낸 데에 있다. 사전에 의하면 "완경"은 '폐경'의 완곡

한 표현이다. 폐경이 여성성으로서의 몸의 종말이라는 부정적 의미를 가지고 있다면, "완경"은 비로소 월경을 완성하고 그것에서 해방된 몸의 상태를 의미한다는 점에서 훨씬 긍정적인 뉘앙스를 가지고 있다. 잡채의 재료들이 "센불"에 볶아져 덖어지며 최종적인 맛에 도달하듯이, "몸"도 세상의 "햇볕"에 말릴 때 "말년의 건선 같은 옹졸함도 딱정이"처럼 떨어뜨리고 "완경"의 상태에 다다른다. 시인은 관념의 완경 대신에 식자재들이 음식으로 완성되는 감각을 앞세워 경험하게 함으로써 '살아있는' 완경을 느끼게 해준다.

나는 당신의 생을 레시피로
아즉 만들지 못했다

…(중략)…

비둘기를 낚아채는 용맹함을
가진 잡종
진돗개를, 어느 날
아부지는
국으로 내놓았다

단백질을 하염없이 밀어넣고
백구라는 말에
하염없이 단백질을 토해내던 밤

어매의 맷돌은

세월조차 갈리지 않는다
갈리는 것은

당신의 등뼈

―「개장국」부분

　시인은 파란만장한 어머니의 인생을 일목요연하게 정리하지 못한
다. 그는 이를 "나는 당신의 생을 레시피로/ 아즉 만들지 못했다"라고
말한다. 그러나 그가 어머니의 일생을 떠올릴 때 선별적으로 기억나
는 것은 반려견을 "개장국"으로 끓여낸 아버지의 모습이다. 시인은
그 폭력적인 풍경 뒤에 바로 어머니의 모습을 배치한다. 요리를 위해
어머니가 돌리던 "맷돌"이 갈아낸 것은 식자재가 아니라 바로 어머
니 자신의 "등뼈"였다는 래디컬한(?) 표현을 보라. 시인은 경험을 극
단적인 감각의 층위에 몰아넣음으로써 자기 몸을 '갈아' 가족을 건사
했던 어머니를 추억한다.

더는 교성이
삼투압으로 젖지 않도록
입술을 덮고
염기로 네 허벅지를 절인다

촉촉하다
닿아있는 생이 함초의 마디에
스몄다가
진액이 빠져나갈 무렵에

나에게 오라

　　나는 갈증으로 뜨거움을 견딘

　　소금이다

　　　　　　　　　　　　　　　　　　　　　　—「태평 염전에서」부분

　"교성", "입술", "허벅지"는 성행위를 연상하게 만드는 기표들이다. 성교야말로 감각의 절정을 불러내는 행위 아닌가. 김옥종의 많은 시에 성적 이미지들이 등장하는데, 이는 섹스가 최고조의 감각 상태를 보여주기 때문이다. "소금"은 염기로 식자재의 상태를 오래 보관하는 역할을 한다. 요리사는 소금으로 절임으로써 식자재의 생명을 무한 연장한다. "태평 염전"에서 그는 생의 절정인 성교를 떠올리고, 그것을 소금으로 절이며, 상대에게 "나에게 오라"고 외친다. 그는 "갈증으로 뜨거움을 견딘 소금"으로 자신을 은유한다. 그는 이렇게 감각의 끝에서 그것을 뛰어넘는 다른 감각의 층위를 찾는다. 갈증으로 뜨거움을 견디는 소금의 스토이시즘(stoicism)은 그가 관념이 아니라 감각의 끝에서 감각의 폭발을 견디는 시인임을 보여준다.

　III.

　1부에서 요리의 은유가 전면적으로 펼쳐진다면, 2부에서는 요리의 알레고리가 지배적이고, 3부에서는 (제목들에서 드러나다시피) 세계를 전경화하고 요리를 후경화한다. 3부의 시들은 요리를 앞세우지 않고도 얼마든지 감각의 중추를 흔들 자신감을 확보한 시인의 면모가 돋보인다.

울음은 가장자리에서
가장 크게 부패한다
…(중략)…

뼈만 남아야 보낼 수 있는 것들의 합창은
이러하다

나무가 아직 미열이 남아있는 잎사귀를 보낸다든가
낚싯바늘에 제 종족의 살을 물고 올라온 운저리를
말린다든가
헛맹세에 버림받고 돌아와 쏟아낸 눈물이 말라있었다든가
가을에 내기 위해 이른 봄볕의 그늘을 품은
가시오갈피 목을 꺾어 장아찌를 담는다든가
이를테면 말이다

뼈만 남아야 갈 수 있는 길로 가려거든
공복에 도수 높은 알코올로 염을 해준다든가

—「풍장(風葬)」부분

   앞에서 시인은 자신을 "갈증으로 뜨거움을 견딘 소금"으로 은유하였다. 구체적인 서사가 없더라고 독자들은 그의 시가 생의 오래된 고통을 건드리고 있음을 안다. 그의 시선은 "울음의 가장자리에서/ 가장 크게 부패"하는 자리를 향해 있다. 그러므로 그의 시의 기의는 고통, 아픔, 슬픔, 상처, 결핍 같은 것들이다. 시인은 고통의 끝("울음의 가장자리")에서 그것을 견디고 넘어 "뼈만 남아야 갈 수 있는 길"

을 늘 상정한다. 그 길은 상징계의 고통이 마침내 파열하는 지점에서 생겨난다. "풍장"이라는 제목에서 보이듯, 상징계 너머 생물학적 죽음을 경유하는 순간에 섬광처럼 도달할 수 있는 세계는 바로 멀고 먼 실재계이다. 그곳에 가려거든 "공복에 도수 높은 알코올로 염을" 해주어야 한다는 마지막 문장은 마치 쓰라린 피부를 쓸 듯 감각의 촉수를 긁는다. 그것은 갯장어의 내장에 칼집을 깊숙이 넣는 것처럼 상징계의 아픈 파열감을 생생하게 전달한다.

> 깊이 침묵할 것이나
> 울컥하거든
> 손가락 넣어서 억지로라도 토해
> 낼 것
> 기억을 재울 수 없을 때는
> 그냥 울다가 지쳐 잠들게 할 것
> 떠난 생이 네 옆을
> 기웃거리더라도
> 적당한 때에
> 적당히 삭힌 홍어삼합으로
> 우울함을 견뎌낼 것
> 이도 저도 힘든 날엔
> 파묘할 것
> —「홀로 떠난 이에 대한 예의」 전문

이 시는 어떤 죽음을 대하는 태도에 대하여 말하고 있다. 홀로 떠났다는 것 외에 그 죽음의 구체적인 내용은 생략되어 있다. 그러나 죽음은 보편적 의미에서 고통의 완성이고 끝이다. 이 작품은 그러므로 고통의 종말을 애도하는 법을 기술하고 있다고 보아도 된다. 이는 시인의 시선이 지속해서 생의 고통에 가닿아 있다는 것을 보여준다. 시인은 잊으려 하나 잊을 수 없는 한 고통의 주체에 대한 애도의 긴 과정을 그리고 있다. 그중에서도 우리의 시선을 끄는 것은 "적당히 삭힌 홍어삼합으로/ 우울함을 견뎌낼 것"이라는 대목이다. 음식(요리)의 은유나 알레고리를 사용하지 않을 때도, 시인은 음식의 수사학을 버리지 않는다. 요리는 그가 세계를 만나고, 경험하고, 해석하고, 지각하는 격자(grid)이다. 그는 식자재를 다듬고 가공해서 음식을 만드는 과정에서 지상 최고의 감각을 향유한다. 그는 요리의 감각으로 세계를 읽을 때, 세계가 살아 꿈틀거리는 것을 안다. 그는 세계를 요리하는 다양한 방법을 안다. 그는 세계를 염장하고, 덖고, 삶고, 튀기고, 끓이고, 말린다. 식자재에 깊은 칼집을 넣듯, 그는 세계 안에 감각의 칼날을 깊숙이 꽂는다. 그때 이쪽의 살과 저쪽의 살이 만나 섬광처럼 흘러내리는 것이 그의 시다.